風の窓　＊　目次

装幀　真田幸治

風の窓

星祭

下枝を払はれ太き杉群れは夏陽を通し明々と立つ

一車線のみの山道登りゆく車はときどき木の枝擦る

褐色の樹皮を曝せる杉林空を入れたる空間を持つ

梶の葉は墨色にじませ流れゆく花背の川に星祭して

整然と割木つみあぐる軒先も大布施過ぎてここ原地町

わが影を日傘の中へ閉ぢこめて流れゆるらかな川下に立つ

大悲山の緑深きを眺めつつ澄みて流るる水嵩おもふ

山くだり街へと戻るつなぎめの時のほとりを漂ふ呼吸

ひまはり

ひまはりがガラスの器に眠るころ魄《はく》のごとくに花火はあがる

へつらはぬひとを思ひぬひまはりは一本のみの明るさに咲く

青空に白雲浮かぶ定番の海なりされど海溝のズレ

日の照りの烈しきなかの蟬の声聞けばおろそかならぬこの刻

雨降らぬ土の乾きのしろしろと夏の光を反射してゐる

暑さにて一日暮れゆくゆふぐれの気配長くて疲るるまなこ

雑木々が頭上を覆ふ切通し十メートルほどの夏の暗闇

白つぽく街並しづまる午前五時すでに日差しはひまはりの辺に

遠山

耳元をかすめて過ぎる晩夏風銀の耳輪のにぶきつめたさ

風のなか何処より来し赤蜻蛉いまだをさなき翅ふるはせて

下を向きシャンプーするとき無防備のかたちにあれば耳の鋭し

緊まりゆく空気の伝へる虫の音は点から線へとメロディつなぐ

裂け目なく夏から秋へすべりゆく日差しのなかへ入りゆくからだ

透明にものの見ゆる日遠山に白き風車がいくつもまはる

吹く風にからだ添はせて歩みつつ決壊しやすき川を知りたり

龍田彦

出合ひたる風にまみれむ旅人とたびびとひたに目と目をあはせ

素通しの拝殿わたる秋の風目にも耳にも顕ちくる祭神

板敷と柱と屋根があるのみの大社のまつる風の神さま

龍田彦と呼ぶ虫麻呂の声がする風吹き過ぐる社《やしろ》に立てば

楓より楓へぬける風の神ひとのからだをとうめいにする

青すめる秋の風なか神奈備《かむなび》の磐瀬《いはせ》の社《もり》の歌碑に寄りゆく

ゆらゆらと風の神ゐる樹々のまを翁面が舞ひはじめたり

山の上《へ》をい行き巡れる風が呼ぶ楓の色のあかるむ方へ

詩人

風わたるウィンダミア湖を船にゆく桂冠詩人とふひとをおもひて
湖の青が青空ひきよせて船はしづかに水を分けゆく

白雲は大いなるかたち湖《こ》の上を去らず長閑な時めぐらせる

船上のたれもたれもが笑顔にてウィンダミア湖を夏の風ゆく

風おちてボウネス栈橋ゆきかへる人らの声の高きゆふぐれ

穏やかなグラスミアの昼ペンを持つ詩人が窓辺に立ちてをりし日

樹々の間にしづかなる湖グラスミアに夏のまひるを立ちつくしたり

自らの植ゑたるイチイの木の姿いかに眺めしやワーズワースは

ソネット

流れ去るかなしみとしてエイヴォン川ながめてのちを巡る町なか

シェイクスピア誕生の部屋息つめて見入るときのままマクベスの顕つ

光ふり川面に散らばるゆたかさはシェイクスピアの十四行詩

手袋店を営む生家古道具は幾重に溜める光と影を

父ジョンの作りし手袋はめたるやその手に書きし四大悲劇

木の枠と漆喰壁の家並の連れてゆく先十六世紀

平らかにつつましき町エイヴォンの夏のゆふべのリア王の声

口いでし言葉をさまるところなくその後の姿を戯曲は紡ぐ

忘れ得ぬ

日はゆるく西にまはりて静かなりどの窓もみな透視されつつ

ふと何か零したやうなこころもて振り向きたれば落日の燦

忘れ得ぬ遠きこだまの弾むごと水琴窟のみづはかがよふ

枯れ草のかすかさやげるところ踏み走者は去りぬ息はづませて

極まりしゆふのひかりの落つる川ときを流してとめどなきまま

萩が咲き椿が咲いて梅が咲く時分の花なる大切があり

冬土にくつきり影置き丈のばす樹をおそれ見る時のはざまに

窓を見るゆふぐれ時のたゆたひは樹の上去らぬ一羽を呼びて

ひとの世の非を嘆かひて仏像が閉ぢしまなこをみひらく月の夜

勢ひの時は過ぎたり山茶花はときをり時間の外にて咲けり

若芽

みづみづと果肉は種を巻きしめて柿の果汁は刃先をつたふ

切り分けて柿を食する刻は濃き遠きこもごも波のごと来て

冬が来て手足冷たくなるならひ山の端おぼろに霧が立ちたり

窓ぬらす雨も正午も知らぬまま風邪のからだは横たはりゐつ

白花を腐《くた》して雨の降りつづき侘助ぽつんと立ちたるが見ゆ

幹ひくく伐られし木ながら若芽出るを灯火のごとく思ひて通る

堤防は末枯るる草ぐさ立たしめて冬陽あまねく引き寄せゐたり

塀の上《へ》に陽の差しをれば猫の来てあるべきさまに体《たい》のばしたり

すこやかな朝

一月の少し明るき日の差してアキレス腱のすこやかな朝

詣でむと玉砂利踏めるうつしみは僅か自照の識閾にゐる

しづやかな神殿ありて祈りあふ青人草の額《ぬか》のあかるむ

群雀樹より飛び立ち明るさは小波なして日《ひ》の神《かみ》を呼ぶ

幾世かの時間の深さをねむらせて風を巻き込む神宮杉は

木洩れ日の届くかぎりはこの世にて思ひの淵をただよふばかり

祈りとは自らやすらぐことならむ杉の木立の幾世おもへば

霜おりて固まる土の上《へ》きらきらと昼の日差しのとどまりゐたり

玄関の壺

夕茜背にして家並のしづまれる影より出でて野良猫走る

縦横に張りめぐらせる根のあらむ地下の水脈ふつふつとして

朝日子を両腕に抱く仕草にて白侘助のゆらぐを見たり

冬日差しあまねき庭に遠足の子供のやうな水仙群れる

たつぷりと赤き実たるる南天のにぎにぎしかる玄関の壺

鉄板を被せられたる井戸跡のぽつんとありて風ふく空地

風なくて日差しのぬくさしみわたる家並の瓦かがやきにけり

かすかなる音たて流るる側溝と並びて歩むバス停までを

ダウンライト

春近きそよかぜ吹いて白雲をわれの頭上にうすく伸ばせり

朝あけのほそきひかりの冷たさをうつしみに浴び今日のはじまり

ひらひらと電線ゆれて配線の工事の人ら電柱にゐる

踊り場の天井高くてダウンライト日々の影をも含みゐるらむ

梅園は高き塀なる内なれば木のさびしさやしだるる紅梅

息吹き立つ木の芽花の芽庭なかは生なる彩の匂ひあふるる

空調の音のなかにて眠りしが菜の花畑の菜を摘むひとり

冬の涯

青空のつめたき高さを映しつつ凍れる川は緘黙のいろ

昨夜の雨けさは凍りて彼方此方の窪みに光の花が咲きたり

反射する水の輝きしづけくて動かぬ川は意志もつつよさ

身体ごと引きあげらるるふと空の青の極みに眩《めくら》みたれば

バス停の古きベンチの真ん中に老いたる人がつくねんとゐる

咲きて散り散りては咲きつぐ山茶花はつね鮮らけき時間をくぐる

時うばふ西日のなかの昔語りたれもたれもが郷愁を言ひ

多年草は地下にねむりて育ちゐる芽吹きの春の繰り返されて

雨

雨脚の早さと車の行き交ひがはげしくなれるゆふぐれの街

水溜りに水の溢れて靴底はゆたゆたとゆく時間《とき》を踏みゆく

公園のフェンスに凭れ雨に濡れ旅の途中のごとき自転車

乗り捨ての自転車ならむ前籠は空缶空瓶つめ込まれゐて

放置され車体錆び付く自転車のにぶき黄色が雨にかがやく

傘打つは雨のささめき何処にか桜咲いたと耳をかすめる

雨が好きとつぶやく窓の内側でガラス戸したたる水を眺めて

桜

咲き満ちてしづかなれども量感はわが気引きたてる甘樫丘《あまかしのをか》

見上げゐるひとの命のかなしさを覆ふがにさくら泡立ちて咲く

畝傍山香具山耳成二上山おぼろにかすむさくらの大和

これ以上ふきだすもののなきさまの今年の生よ桜咲きたり

息のみてことしもここに見上げゐてしんとさびしよ桜咲くさま

細枝をしなはせ花の咲き盛り白き魔物のふぶく気配す

揺すりあげふぶく桜の悲鳴かも丘いちめんに風の立ちたり

風の窓

連翹の咲きて明るき風の窓ひらきて朝のこころ立たせむ

朝の雨やみたるのちを出でて来てほのかな虹を山間に見つ

風さむき空気押しあげ立つ虹の足のあたりに桜が咲けり

虹の立つむかうの山より透きとほる波長とどきて胸ひらきゆく

雨あとの呼吸のしやすさほどほどの湿度のなかの桜の傍《かたへ》

うねりくる春の息吹よ金色のこゑをひびかせ菜の花ざかり
喉あげて春待つものらしろしろと咲きあふさくら身に取り入れて

銀の梯子

ゆったりと木の影のばす池の面《も》のうつつ裏返す水切りの音

ぬめり持つみどりの池の淵しめて木の影ゆらすは樟若葉

知らぬまに若葉さやさや吹き出して古木くすのき変身したり

昨日より緑ふかまる街路樹の若葉青葉の風しのび寄る

夜も昼も吹きあげやまぬ若葉の辺《へ》透きて立つなり銀の梯子は

水田の上つらなる鳥の声高し何か楽しくわが聞き歩む

田植終へ五月の水田の苗やはく風にしなへば水のちらばる

白壁がうつすらきなり色をおぶ茶店の隅のいつもの座席

初夏

いつ見てもわが樫の樹に鳥のゐてとりわけ五月の鳴き声ぞよき

巣を作りゐるにもあらず集ひきて鳥語ひびかす若葉ふるはせ

雨模様伝へる空を翔けのぼる雲雀うしなふ橋わたるとき

仲間呼ぶ鳥の早口くれはじむ空はひとりを色濃くさせて

石斛は亡夫《つま》が好みし白花の芳香と不在のながきとしつき

岩檜葉《いはひば》が水を吸ふさま陽のなかの生といふものきらきらしきよ

口に出し言ひたる言葉を否定するこころ深くの泉なるもの

紫陽花を四片《よひら》と呼べばはかなくて青の残像流るるこころ

ベンチ

誰のものにもあらずベンチは人を待つ憩ふるものらの時間に添ひて

寄るもののなべてを容れて長椅子の時間の端に猫はくつろぐ

散るさくらしばしとどめて明るめるベンチの春は声のあふれて

それぞれの人の空気の動きゆきバス待つベンチに会話はじまる

人ならぬ手荷物並ぶ長椅子のプラットホームへ及ぶ返照

作戦の練られてをらむ半地下のダッグアウトとふ空間のなか

表情のけはしさ顔に貼りつけてダッグアウトを濃くする監督

据ゑられて幾年経しや金錆の広がる座席雨を溜めつつ

標

時なしの雨の降りける秋の底〈いちごんさん〉の銀杏のひかり

大神は一言主《ひとことぬし》にてねがひごと迷ひまよひてただ手を合はす

乳銀杏風体みやびの神木の樹齢一二〇〇年の葉擦れを聞きぬ

神木を雨がけぶらせ葛城の野をけぶらせてさびしさ滲む

猿目橋過ぎてあらはるる六地蔵の浮き彫りの面しづかにくらし

神がみのつどひの原のひろらかさ標《しめ》なくゆたに古道を歩む

延喜式神社の謂をこもらせる粗なる石段こもれびを受く

鴨氏とふ豪族ありて祀らるる赤き鳥居のいや鮮らけし

二上山に落ちる夕日の反照をまるごと浴びるうつしみの立つ

葦辺ゆく鴨二、三を点景に車窓まぶしも夕映えのなか

ヴルタヴァ川

『プラハの春』春江一也の行間の風に吹かれて歩むカレル橋

いささかの寒さはあれどカレル橋彫像あまたをつくづく眺む

巻きもどす交響詩ありヴルタヴァの流れはゆらゆらスメタナを呼ぶ

石畳を強く踏みゆくブーツなりスメタナホールとカフェをめざして

書くことへ烈しき衝動持ちをりしフランツ・カフカの原稿の文字

眼鏡形のブックマークをひとつ買ふ黄金小路のそぞろ歩きに

冷えしるきプラハの夜に〈ナブッコ〉を観むと来てゐる辰年歳晩

衛兵とをさまる写真プラハ城の正午の儀式に出会ひしゆゑに

鉄橋

通過する特急電車は一瞬のゆらぎと風をホームに残す

鉄橋を渡る電車を写生する児童ちらばる堤防明し

あんあんと水のあふるる川のうへ夕日が電車を取り囲みゐる

軋む音がゆるく背骨を刺激する電車はいまし鉄橋渡る

ほとんどが眠る人なり西日入る電車は半時ノンストップにて

稲穂ゆれ陽のかがやける昼下り蟬はこの夏惜しみて鳴きぬ

樟の梢が揺れてひとときは蟬声聞きて過ぎてしまへり

ふと止みて再び高き鳴き声のはげしきなかを歩みてくるし

男　覌

日の照りを逃れ涼しき館内に入りて古事記の世にぞ紛るる

大出雲展の人の流れの背後より素戔嗚尊《すさのをのみこと》のおぼろの像は

ほのかにも辺り鎮めて並び立つ埴輪のなかに男《を》覡《かんなぎ》あり

一三〇〇年昔の書物の物語はるかなる人らの気配たづねて

やはらかく若葉のやうな頭《づ》にあらむ稗田阿礼の暗記力とは

時を経ていま目の前の木簡の書体かすめどものがたるもの

風吹けば今は昔と思はせる古墳時代とは途方も無けれど

博物館出でて日差しに射られつつうつつはわれの足元に寄る

島

山見れば海見ればくる既視感は紺青ふかく揺れてやまざる

風に向かひデッキに立てば海の上に在る身を確と意識してゐる

おぼろにも島の見えきて訪れし日の磯の香が胸ふくらます

海の香のしみる路地にて子供らは春の光を散らして遊ぶ

ひっそりとやまとたちばな立ちてをり天然記念物の古木の姿

水軍の敗れてのちの悲惨さを聞きてめぐれる木洩れ日小道

出土せし長頸瓶《ちやうへいへい》は写真のみ蟹穴古墳は日に曝されて

人麻呂の歌碑見て渡る願ひ橋ひかりが海にこぼれて走る

新しき時間

誰も誰も個の内側にこもりゐるねむりゐる人本をよむ人

曇り空とともに運ばれのぞみ内に〈莫山詩想〉閉ぢては開く

歌舞伎座の新しき時間を〈土蜘《つちぐも》〉の千筋の糸あざやかに降る

菊五郎ま近な面のりりしさに花道ゆくとき生るる土蜘の精

昼間見し〈土蜘〉の糸がせせらぎの夜闇のなかのまなこを過ぎぬ

樹木ふかくしづもる庭園ところどころ足元灯がほのかゆらぐも

過ぎゆくはほたるのやうなはかなさと夜風のなかに光追ひゆく

新しき時間をまとふ歌舞伎座の演者の声の新しき風

夏の光

炎熱の日本脱け出しワルシャワの風吹きぬける川沿ひ歩む

緑濃きポプラ並木の公園にショパンの生家ひっそりとある

風に乗り聴こえてくるはポロネーズまたはマズルカジェラゾヴァ・ヴォラに

ショパンの手大きからぬを見つめむとまなこ集まる博物館に

二十《はたち》まで暮ししワルシャワ死してのちショパンの心臓故郷へ帰る

白き薔薇ゆれて緑の庭園を夏の光が駆けぬけてゆく

バルト海の琥珀さまざま並べある聖ドミニコ市《いち》をそぞろめぐりぬ

グダンスクの夏の祭りのにぎはひのなかに身をおく二日間なり

郷愁

竹垣の竹の黒ずみあらはなり午後の参道を落葉踏みつつ
散りくるをあふぐも何の葉か知らずただに過ぎゆく秋の一刻

コスモスは群れてもさびしきさまなるよ郷愁といふ響きふさはし

たつぷりの日差しあびゐる赤き実を枝にあそばせ黐の木太る

ぽつぽつと茅ありしが群落となるさま早し悍《おぞま》しわが庭

葉をつけぬ枝先ぐいぐい秋空を押しあげ雲を四方に散らす

ひとの声ひくく聞こえて姿なくひたひた静か路地のゆふぐれ

小寒

冬晴れの一時間ほどを語らひて珈琲一杯の充足にをり

見えぬもの遠きものなど思ふとき足がむかひぬ海辺の町に

穭の葉のあを引き立ててゆふぐれはもみぢのいろに吸ひこまれたり

冬まひる家居のわれの無聊さを推し量るごとき非通知電話

みどり濃く澱む街川枯れ枝が浮きつ沈みつ日々をさ迷ふ

だしぬけに日差し明るみ木曾川の水面ころがる師走のひかり

ビル三つ取り毀しゐる街角の埃まみれのサルビア花壇

＊

水流のよどみしづまる冬の川遠くに眺めて面《も》に近付かぬ

小寒の朝も咲きつぐ侘助の白りんりんと空気をひらく

湯気立たせ湯にて食器を洗ひつつほのほのとゐる食の時間を

葉を落す風の荒ぶるさま見えてジャスミンティを注がれてゐる

身の縮む寒さの戸外さざんくわの紅がいざなふたきびの歌を

記憶違ひを正されてゐる夢の中風船ひとつ飛ばしそこねて

疎　林

切り通しゆけばつきくる雑木々のさやぎの波のよびおこす声

野生種の枇杷の葉堅く重なりて冬の気ふかくこもらすところ

頭上へとしだるる雑木々透かす空みづいろかすかに萌すあかるさ

疎林ゆく風ふきかへし逆しまの樹木の立てり泡立つ池に

ゆらりゆらり時を運ぶか蔓草は樹にからまりてよりの風来《ふうらい》

潤む芽のきざしまどかな枝えだを立ててあかるし疎林の道は

風

小波のたてば川面の光ちり電車はゆるく鉄橋わたる

発車する電車の影が動きゆく西日あまねきプラットホーム

秋草と呼ばれ末枯れし土手の上の寂《じやく》なるところ風がゆきかふ

郷愁のふいにわきくる行き過ぐる電車の中より彼岸花見て

水のごと巻雲ながるる西の空言ひたきことの届かざるいつも

秋は今ここに来てをり雲ながれ頭上さやかに樟の木そよぐ

鉄錆に劣化なしたるオブジェより飛び立つ赤き蜻蛉の群れ

風立ちて川面のゆらぎ自転車の影のゆがみよ日差しうつろふ

体感

色彩のあはきがゆゑに目に残りふりかへり見るコスモス畑

何がなしこころしづみてあるときの歩みはしばしばコスモスに寄る

雨降るを枝葉ゆがませ立つ花の雫したたるとうめい時間

暑さから傾るるままの寒さ来て身体の芯の揺らぐをりふし

しみじみと一日の雨の広がりを体感しつつ世界地図繰る

ビルケナウ・アウシュヴィッツを訪れし夏の日の風冬日にゆらぐ

みつみつと小花ひらきし木犀のかをりの中より香《かをり》とびたつ

遷　御

遷御の儀むかへる伊勢を訪ふことの二度ほどありて玉砂利を踏む

二十年に一度の遷御こころ濃くゆきあへることまたとあらずや

二十年の時の長短はかれずに目を閉ぢ礼なす新しき宮に

過ぎ去りしわが二十年ぼんやりと時にひりひり身を立てきたり

神宮の樹木の緑の広がれるところに入りて身は抱かるる

日常を出でてゆくごと参道の樹のさざめきはかみさまのこゑ

てのひらに汲みたる水のとうめいを揺らせば人声かすか立つなり

音高く拍手を打ち新殿の金のかがやき空にひびかす

気流

峰しろくけぶる遠山ひえびえと澄みて流るる気流をおもふ

弾け垂るる柘榴あまたの下に来て粒のひとつに手をのばしたり

かみしめる柘榴の粒はほろにがく幼児のわれが風なかに立つ

柘榴の実おほきが垂るる一枝は古き備前の火襷《ひだすき》に映ゆ

はてしなき青の深さよ秋天に声をとられて見開くまなこ

乗客のまばらな電車に西日射し終着駅ははるかむかうに

秋天のものがなしさを唄へとぞいちやう一片木を離れずに

山帽子の紅の実茂るところへとうすく濃く日のひかり集まる

秋から冬へ

やきつくすまでの朱色錦木は廃屋の庭のねむりをほどく

紅葉して風をふるはせ時くぐるいまの今なるひかりのなかに

一本のきはまれるもみぢ毎年を見つついつしか失ふゆめを

直立ちの水仙侘助かをるころ水の冷たさ指先に知る

赤薔薇《さうび》つぼみのひとつまたひとつ溜むる時間を展きゆくなり

樹の影を踏みて朝ゆく靴音の低きつめたさ背筋をのぼる

草のうへ照りかがやける霜の朝柵越す鹿のまぼろしが見ゆ

オレンジソース添へられジビエ料理ありナイフは切りぬ一片のみを

ただ一度鹿の鳴く声ききたりし日のことおぼろ風が消しゆく

のぼる日は滲み広がり樹のかたち人のかたちを再生なさむ

雪

ぬれてゐる石のおもてを風が過ぎ何処からか来る紅のはなびら

幾花も咲きて明るき木のかたち昼になりてもやまぬ雨なか

灯を消して眠らむとする隙を染む雪降る広きなだらかな丘

マフラーに首を包みて着脹れて寒の舗道の硬さ踏みしむ

降りやまぬ雪のなかへと傘ひらくせつな入りくるたひらなひかり

雪明りきいんと眼の奥刺激してことしむつきの十七回忌

十七年長く短く過ぎゆきし寒さの睦月かりそめならず

雪降るは虚なる空間　水色のスキーウェアのまぼろしが立つ

とことはの五十四歳わが内にあざやかにあり雪原を飛ぶ

それそこに丸くあるもの樹であるよ雪なか歩み指さす先に

五月の風

中空を風がゆきつつ花が散り遠き時間のめぐりゆく春

歩むとき背より押しくる花の風たのしむけふは歩幅ゆるめて

雨にぬれ三分咲きたる桜みてエレベーターにて登る天守閣

城壁の大き石組み雨にぬれふかきしづかな春の闇あり

甲冑《かっちゅう》の古きかがやき放たれて観る者の目が生むものがたり

うすぐらき展示場めぐりもののふの志といふを測るあやふさ

やみたると傘をたためばまた降りて雨のさくらの暮るるにびいろ

＊

枝張りて緑葉しげる樹木のした風をはらめるひと通り過ぐ

白絹

足元を抜けてゆく風おぼろなる地の果《はたて》より春は来にけり

瞬く間に波にのまれし町おもひ人らおもひて　呆然と春

さくらばな薄暮の空を引き連れて川面の上を揺らぎやまざる

くらやみの中の睡眠私は無意識といふ域のいきもの

かにかくに白際《しろきはだ》立たす花の照りたれが解《ほど》かむ白絹の夜

御仕舞と決めしが再びふりかへる花の気妙《きめう》なるものにまかれて

零したる涙のやうな花びらが春空ふかくにしまはれてゐむ

空低くなりて曇りの春もよし浮き立つ足をとどめるために

ガーデン

上り坂下り坂ありガーデンのテーマの数の花を違へて

嗅覚のなごむアロマのガーデンを去りがたくゐる微風とともに

噴水は時間をめぐりかがやけばしぶきを浴びむと身をかたむける

しんとして明るきめぐりのテーブルを独り占めして飲むローズティ

眠る前うすらうすらと拡散す花の名知らねどむらさきいろの

香りよき白花垂るる針槐つづく道より初夏はくる

苔石の下の水脈ありありと思ひ出すなり笹百合咲きて

雑木々のあらたな緑が交差する切通し吹く風のよきこと

行列

なりゆきといへど並びて抜け得ざる二十分なりサインをもらふ

水流に添ひて流るる魚の群れおのづと列は生まれてゆけり

水槽の鰯の活気を声あげて眺める園児ら列の乱るる

紫陽花の色のゆらぎを見てゐるまに列はみだしてこぼれてしまふ

店先に〈新ソバ入荷〉の札ありて行列つくる老若男女

レジを待つ時に気付きぬ店内に流るるハンドベルの音色を

暗黙の二列並びがならひにて朝のバス停五メートルほど

おのもおのも機器を弄りて街角に帯なす人らランチ待つらし

午後

ねむさうに繁る葉ゆらすは何の樹か夏ふかき昼のひかりのなかに

午後の陽を反射する窓ゆらゆらとひかりの水のあふれやまざり

歩む先しろくけぶらす雨音のはげしき連打を受ける日傘に

赤き実が葉隠れにありゆふぐれの風のなかなる山帽子照る

夕明りあはく広がる町の上を音たかくくるヘリコプターは

何ゆゑかわからぬままに空低くヘリコプターはしばし旋回す

影長く道路にのびる電柱を踏みて帰りてわびしゆふぐれ

十五夜の月の光を溜め込みし穂薄すずし秋風の立つ

雨傘

ゆきずりにビニール傘を買ひしことあはあはとして点る夏の日

とうめいのビニール傘に透かし見るアーケード街は水底のごと

赤い傘青い傘ゆくシェルブール舞台の雨が目を流れゆく

かつて映画今ミュージカルの物語観つついとしむ雨なかの恋

二十歳のカトリーヌ・ドヌーヴの美しきこと〈シェルブールの雨傘〉メロディもまた

音なくて雨滴ながるる傘のなかけぶれるあめつちうらがへるごと

傾けて傘の雨滴をこぼしゐる雨あがるまへのかすか風なか

傘さして雨に歩めば水生の動物めきて足ゆるみゆく

お守り

みづからに風を呼びつつ梛の木のゆさゆさとして熊野山道

梛の葉のお守り一枚てのひらに乗せられひかりの五月まばゆし

ゆきあへる椰の純林ひそかにも時うらがへる風の吹くやも

千年の時間過ぎ来しけふなれば今日の息吹のあふるる樹木

海水がひかりを砕く遠方のそのまたむかうに白雲立てり

みづたまりの水はねかへし雨足は路上をしろくけぶらすひぐれ

波立てる川面しだいにおぼろにて踏み迷ふ足や橋わたるとき

山並の靄うごきつつ朝光のひとつとなりて栗の花咲く

プレーンオムレツ

夏のひかり広びろゆらぎ〈ひまはり〉のメロディの中にジョバンナの立つ

ヘンリー・マンシーニのテーマ曲流れてすぐさまとらはれはじむ

語らひはひかりの海辺戦争に離《さか》れゆくこと思はぬときのま

出征のまへの食卓たつぷりのプレーンオムレツかがやきてあり

ここにゐるとひまはり畑にジョバンナの顔が見えたりつづく残像

くっきりと黄花かかげるひまはりの強さのなかにかなしさにじむ

マストロヤンニ、ソフィア・ローレンはるかなり遠き日に重ね夏の〈ひまはり〉

ひたむきさまばゆき此の頃一本のひまはり活けてつくづく眺む

観月会

寺庭の繁みを照らす足下灯奥の院まで導かれゆく

夜の池月光差せばうごめけるものの声立つ風に混じりて

雲の間に入りて見えざる望月のおぼろおぼろよひちりき響く

雲に入り雲を出でくる満月の気紛れさへも愛でて今宵は

樹のくらがりへ届く月光しづかなり魑《ち》魅《み》魍《まう》魎《りやう》が目をさますころ

夜の水柄杓に汲みて流したり水琴窟の音色求めて

門出でて振り返り見る望月の楚々たるさまよ寺屋根の上に

ものの影濃く引く月夜始まりも終りも見えず水音のする

ドア

ゆふぐれの風に吹かれて靴音は低くくぐもり歩道を鳴らす

柊の葉のあざやかさクリスマスリースがドアを飾りて玄関に

松ぼつくりは買ひて来しものクリスマスリースに華やぐゆふぐれのドア

風はらひ入りゆく玄関くつろぎの空気満ちゐてゆるむ身体は

冬日差しゆるき日なれどサングラス帽子かぶるは目を守るため

こまごまと文字の連なるページ閉ぢ眼《まなこ》あそばす窓外の空

疲労つよきまなこ瞬きたそがれのこころさびしも木の葉のあかさ

ここまでと本を閉ざせり内容も思考もゆらぐざわざわざらり

七草

靴底をわづか圧する落葉道すすみゆくほどに春はちかづく

歩くといふ所作と手の所作おもはずも軽がろとしてひかりふる道

セリナヅナゴギヤウハコベラホトケノザスズナスズシロ　明るく言へり

やはらかな七草まとふ粥の照りおごそかめきてけさの食卓

一匙の粥のふふめるひかりかなとほきならひにつらなるひとひ

くちなかにしばしとどめるセリの香を水辺のひかり掬ふごとくに

ゆつくりと粥のあまさをふくらます土鍋の肌のしづかな呼吸

風立つ丘

登り来て風立つ丘に息つめて眺めてゐたりことしの花を

近づけば花の呼吸にとり込まれ息をあはせる一瞬のあり

ひとのこゑもの売るこゑの喧騒をあびつつ花見のこころたのしも

吹き溜り褪せる花片よじくじくとひとつ後悔わきあがりくる

花咲いて散りてしづかな樹の時間葉と葉と葉とがゆるりそよぎて

池の面を明るくなしてはなびらの浮遊はつづく喧騒のなか

まなうらを白く流れて桜さく丘なりことしもここに来て立つ

思ひ出

思ひ出といふものふいに立たせたり雲のむかうの広らかな空

砂浜の砂の熱さを足裏によみがへらせて晩夏の昼を

素足にて久びさ歩く砂の上波頭はしろき光を運ぶ

浜辺にて演じられたる薪能〈阿漕〉顕れこゑ通り過ぐ

灯のゆれる海辺を一声《いっせい》ののち長く阿漕平治のまぼろしがゆく

窓あけて出会ふ風ありひんやりと気をふるはせて移ろふ時は
形くづして雲は何処へ たまゆらは永遠に似て昼の陽は満つ

ミニコンサート

迷ひ入るぬけみちからんと陽にあふれたれか素謡の高き声する

はればれとこども神輿の並べられ裏通りより祭りはじまる

ミモザ咲くミニコンサートの会場は表通りより辻ふたつ入る

鳥のこゑこもらせるむや竹やぶは海のごとしも雨の間道

家並と板塀の間の裏通り町歩きツアーの一人となりて

ひとつ辻を曲りてしづかな裏通り目くらむばかり彼岸花咲く

荒物屋味噌屋魚屋薬屋の並びゐたるにこころのはづむ

カキの殻つみあげられて海の町裏通りの店の香ばしき昼

街道

通るたび見上げる並木けふすぎてあしたの黄や紅いかにかあらむ

そこのみに明るさありて足を止む伊呂波楓が秋を満たして

照り映える斑模様の柿の葉よわかさといふはとほきまぶしさ

しづかなる秋のひとひの門の辺を夕蔭草《ゆふかげくさ》のふくらみてみゆ

踏みしめて時のめぐりを思ふなり参宮街道いま歩みつつ

伊勢神宮へ参詣の人らのゆきし道たれもたれもが〈おかげまいり〉に

むかしびとは日に四十キロを歩みしとひたすら伊勢に参らむとして

かがやく雲

足とめてかがやく雲に見入りたり空はとほくの海おもはせて

どこへでも飛びゆけるごとはじまりもをはりも見えぬいちまいの空

遠くより流れきたれる白雲か空の広さと底ふかき照り

うつりゆく夕日の質感うちふかく溜めこし弱さふきあがりくる

山並にうす照る夕日は窓に見えいつの日のわれか自転車漕ぎゆく

もどらぬは言の葉時間もみぢ葉のいちまいいちまい明暗を持つ

コート手に日差しまぶしき十二月横断歩道のせはしき歩み

萌え木

早朝のつめたい風に追はれつつ路上をかけるいちまいの布

頰から耳へ風のしみゆく冷たさよ雲のひかりはふくらみつつも

もやもやの気のひろがりは晴天の萌え木をわたる風の中より

呼びもどすすべなく過ぐる今日の日よ春日にてのひらかざししことも

ものの芽のけぶれる野山をうつすらと翳らせ大き雲わたりゆく

吹かれゐる木の葉見上げて何が無しうらうらとせるうつしみのあり

小さき丈によもぎつくしの形あり荒れ地の中の彼方此方に

鳥の羽撃き

雨はみづ　水にはなびら流されてそのはなびらを靴は踏みゆく

強風と雨のひと日の過ぎしのち桜並木のしろきさざなみ

わつと散る桜吹雪の明るさへ拍手のごとき鳥の羽撃き

遥かかなたへ否みづからの胸底へふぶく桜の波動の来たり

散る桜はゆたゆた午後を引き伸ばし我は平らなひとひを送る

くらみゆく白から白へさくらばな古稀なる地点歩みそめたり

囲まれて桜さくらの白昼夢うすべにいろのカーテン揺れて

まらうど

起きぬけのからだ階下に運ぶとき踊り場にけふのひかりちらばる

木の床《ゆか》の冷たさ足裏に伝はるをけふの目覚めのよろこびとせむ

起きぬけのからだを運ぶキッチンを早も領して暑き日差しよ

まらうどの帰りしのちの蟬の声しみて極まる空なるひとり

名も知らぬ草の緑をそよがせて夏のひぐれの時の長さよ

樹のことば石のことばを放ちゐむ驟雨ののちを身じろぎなして
しづけさの底を泳げる青き魚かはらぬものはまぼろしならむ

稲穂

ほほゑみて擦れ違ひしは秋風をまとはせ走る自転車のひと

稲穂垂るる田の側ゆけばゆつたりと吹く風ありて足をゆるめる

ゆふぐれの影の大きさ刈り取り機あやつる人のゆらゆらと見ゆ

さざなみの金の稲穂の刈り取られ四囲はからんと平らなひかり

ああとのみ出づる言葉はゆふやけに野面いちめん静止するとき

子供らの声の聞こえず一年が十年が過ぎ柘榴は実る

赤き花庭に咲きつぎ荒寥の空家をめぐる秋いくたびか

祈雨・止雨

土しめり杉の木立の暗き山過ぎて吉野の里へ入りたり

水神を祀りてふるき御社《みやしろ》の千年杉の直立あふぐ

今まさに動き出すごと拝殿の絵馬のなかより白馬と黒馬

祈雨《きう》・止雨《しう》の儀式の声のどこからか社の大杉吹く風のなか

樹がしげり川音すずしき夢淵《ゆめぶち》の青の清流過ぎ来し時間

秋もなか何か律するおももちにたぎり流るるひんがしの滝

杉を吹く風の吉野の果てしなさ離宮の門柱手触れしことも

窓ガラス

窓ガラス鳴らして風が湯気たてて赤いケトルが　をちこちのこゑ

行き止りの道に迷ふも楽しまむ小径の奥のアンネンポルカ

冬空の青きにむかひ鉄塔がじんわり高さ伸ばしゆく見ゆ

近づけば侘助の白きはまりてたれがれどきの背中とけゆく

大欅伐られ歩道の明るさへそぐはぬ秋の思ひはつのる

北風に抗してゐるか藪椿ひとつひとつの花首つよし

石段の荒き隙間の湿りおび紅葉黄葉がにんげんを呼ぶ

あとがき

本集『凪の窓』は第七歌集です。

二〇一一年に刊行した『春凪つかむ』以降、二〇一八年まで「短歌人」を主に、「中部短歌」に在籍した期間の作品から選び、ほぼ制作順に収めました。

前歌集から八年ほど経ての出版です。変わりばえのしない作品ばかりで躊躇いもありましたが、自らを省みる機会と思い、纏めることにしました。

短歌人会、中部短歌会の諸先輩、友人をはじめとするさまざまな方々に、いつもあたたかく見守っていただき、心から感謝しています。

出版全般にわたりお世話になりました六花書林の宇田川寛之様、装幀の真田幸治様に、深くお礼を申し上げます。

二〇一九年九月

人見邦子

著者略歴

人見邦子（ひとみ　くにこ）

1946年　三重県生まれ
「短歌人」同人

歌集　『愛もありたれ』『とらはれ』『水の緒』
　　　『火の穂』『夢と時間』『春風つかむ』 6 冊。

1996年　第 1 回三重県短歌協会賞
1997年　三重県文化賞新人賞
2002年　中部短歌会短歌賞

他に　短編小説集『循環』

住所　〒514-0115
　　　三重県津市一身田豊野1406－333

風 の 窓

2019年12月 9 日 初版発行

著　者——人 見 邦 子

発行者——宇田川寛之

発行所——六花書林
〒170-0005
東京都豊島区南大塚 3 - 24 - 10 - 1A
電 話 03-5949-6307
FAX 03-6912-7595

発売———開発社
〒103-0023
東京都中央区日本橋本町 1 - 4 - 9　ミヤギ日本橋ビル 8 階
電 話 03-5205-0211
FAX 03-5205-2516

印刷———相良整版印刷

製本———仲佐製本

定価はカバーに表示してあります
ISBN978-4-907891-94-7 C0092